XINYUAN

MUGE

心园牧歌

陈郑 著

线装书局

图书在版编目（CIP）数据

心园牧歌 / 陈郑著 . —北京 ： 线装书局 , 2021. 2
ISBN 978-7-5120-4421-0

Ⅰ.①心… Ⅱ.①陈… Ⅲ.①诗集-中国-当代
Ⅳ . ① I227

中国版本图书馆 CIP 数据核字（2021）第 033224 号

心园牧歌

著　　者：陈　郑
责任编辑：林　菲
出版发行：线装书局
地　址：北京市丰台区方庄日月天地大厦 B 座 17 层（100078）
电　话：010-58077126（发行部）　010-58076938（总编室）
网　址：www.zgxzsj.com
经　　销：新华书店
印　　制：天津雅泽印刷有限公司
开　　本：880mm×1230mm　1/32
印　　张：7. 125
字　　数：100 千字
版　　次：2021 年 2 月第 1 版第 1 次印刷

线装书局官方微信

定　　价：45. 00 元

自序
心园春秋皆是歌

循着春光而来，伴着秋风而归。人生就是一场梦的旅途，在这条带着一颗诗心的路上，总有一支心园的牧歌在耳旁回响，那里有你我的往事，有点滴的回忆，有不堪的回望，有青春的颜色，有落寞的惆怅，有喜悦的泪水，有最真的本色。

历经太长的等待，太美的想象，太好的期许，一路走来，忽然发觉时光荏苒，韶华不在。也许只有在那些失落的诗里行间找到了一些生活的印痕:

在浪漫的“春天”里，“沉浸春的美好”，“看着风儿扬起”，追寻着“春天正赶来”的脚步，在繁花似锦的“四月”，为你披上“春的羽裳”;

在多情的秋色中，写下“秋的十四行”，在明月高悬的夜晚，发出“秋夜抒怀”，做着“秋月随想”，凝结“秋夜情思”，向你书写一封“秋的寄语”。

于是又让时光倒流二十载，找寻那曲“青春恋歌”，在“流金岁月”中，抓住“瞬间的情思”，在“青春的雨季”里开始一场“梦中之恋”，让年轻的心懂得“惜缘”。

于是又让我们在红尘中相知、碰撞，“如果你是一条远行的船”，那么“我是一潭湖水”，在“落雨飞花季节”里，不管“风和雨”，我的“心念”，就是漫天的“星夜遐想”。

于是让我记录下为你的歌唱，或是留存着“残雪”的印象，或是抒发着“青龙湖的幽思”，或是“致敬园丁”，或是“致天使”，而“我的祈求”里有一位父亲的爱和付出。

光阴永是流逝，所有的一切都记录着时光的物语，从“春分”到“秋分”，从“大暑”到“大寒”，24个节气带走了一年，也让我们又增添了年轮。然而在心灵中，真情不变，诗心不已。

于是，“我愿意”为你而歌，我“甘愿”饮尽所有的“清愁”，只要你如我一般永不放弃，“请别放弃”，相信我们能迎来“救赎”之光。

于是，我会和你一起“待雪化时”，去看“风的不羁”，在你最需要我时，我会陪你“振作歌唱”“坚持希望”，相信我们一定会见到“光明”。

年华流逝，必会有些许沉淀，我的诗心太年轻，常常不懂世事，一味自我，然而也保留了一份本真，诗魂在静默时歌唱，清醒而高傲。

于是，看着“隔岸的烟花”，心却突然“空空”如也；踏上“月台”远行，挥别之中充满着“离散”的愁情。“痛后三章”的诗稿里，有一颗怎样的“诗魂未眠”。

归去来兮，多少回的跌宕起伏里，青春渐行渐远，而某种境界的高度却逐渐浮现开来。

于是，去“独对”“大海”，去回顾“历史”，在“夜晚”，听一曲“六月的船歌”和“肖邦的夜曲”，做一个“海天的梦想”，忽然眼前呈现了一片“澄明之境”。

今夕何夕，长路归来，天涯海角梦一场。在“心园牧歌”里，藏着我们的梦，梦里依稀有你的笑颜，有我们的故事和悲欢。让岁月来铭记，愿你我历经万千归来一如年少时，一如首次相遇时，一如初心的美丽。

陈郑　写于 2021 年春日里

香格里拉风光　　摄影/卢雪峰

目　录 \contents

第一辑　美丽初心

第二辑　诗心真情

第三辑　心灵颂曲

第四辑　春天的诗

第五辑　秋日之歌

第六辑　时光物语

第七辑　情致为诗

第八辑　恋恋红尘

第九辑　青春恋歌

第十辑　澄明之境

第十一辑　诗魂未眠

第十二辑　我们的梦

第一辑

美丽初心

初心，

在那儿时的梦境里，

在那从未熄灭的理想火焰里，

在那自由的国度里。

今生，追寻那初心的美丽

劲吹的夜风勾起心底的思忆，
一万两千多个日子已成往昔，
明月徜徉心田，梦境渐渐清晰，
今生，追寻那初心的美丽。

孤寂者的孤寂，
叹息者的叹息，
然而我依然苦苦寻觅。

皈依者的皈依，
放弃者的放弃，
然而我依旧痴心不已。

我的朋友以及我的兄弟，
假使不再有遥望星空的你，
我也会留下方寸纯真之地，
发誓不让我们的初心贫瘠。

我祈愿心的方向

初心，

在那儿时的梦境里，

在那从未熄灭的理想火焰里，

在那自由的国度里，

转身——邂逅如花美眷的你。

今生，追寻那初心的美丽。

期待那一夕，

相拥、喜极而泣。

2016.8.7

坦然，谢过那人生的无悔

人生在世何敢轻言沉醉，
一路走来遍尝人间百味。
甘苦浓淡自斟，悲欢离合共谁？
坦然，谢过那人生的无悔！

空中满布风雷，
天色一片阴晦。
苍茫之间谁问大道深邃。

忽而漫雨纷飞，
淋透明红暗翠。
落寞之际谁念往日余悲。

红尘间看尽浮世的彩绘，
命运里追逐名利的是非。
年少时满怀梦想的追随，
孤灯下感叹那时的无畏。

我无暇于思辨那些错对，

惯看，

快哉之时的不醉不归，

不得意处的伤感颓废，

得失之间的彻夜难寐。

也罢——寂寥地走过秋去春回。

坦然，谢过那人生的无悔！

不因前尘往事为罪，

拈花，一笑神会！

2020.6.30

迎风，许愿做坚强的自己

暮春飞花里充满离别的诗意，
日复一日间时光转瞬成往昔。
殇痛犹在心头，流水落红去矣，
迎风，许愿做坚强的自己。

道旁杨柳依依，
眼前船帆过溪，
回望青山无言长天无极。

鸟儿舒展羽翼，
悠悠白驹过隙，
忍看红尘老去余霞成绮。

春已归去惜花落靡靡，
沙汀拾翠感芳草萋萋。
沈思前事叹露桥闻笛，
长恨当歌吟归去来兮。

我久久伫立任风扬起，

长太息——

饱经沧桑之河山万里，

飘零沉浮之人生玄机，

世事多艰之苦涩境地。

迎风，许愿做坚强的自己。

愿与君同心勠力，

相伴，携手砥砺。

2020.5.14

信步，那仲夏夜的微凉

东阡南陌，几点流萤来去飞舞田岗，
西滨北岸，一派沙鸥飞还悠游清江。
夜半踏月而行，寥寥稀疏星光。
信步，那仲夏夜的微凉。

孤屿独对苍茫，
归舟静倚于港。
宿鸟已栖寂寂无鸣隐疏篁。

蛙歌蝉欢竞唱，
荷风袭来暗香，
松子落阶簌簌有声入梦乡。

夜阑中轻歌窈窕之章，
月华里抚弄琴箫悠长。
无眠时闻听竹露滴响，
静思处念君不觉落霜！

我徜徉于夏的沧浪，
舒展，
眼眸里嘉木葱翠的景象，
心田处水晶帘动的遐想，
记忆中舞动月下的霓裳。
恒念——君当安然祈无恙！

信步，那仲夏夜的微凉。
重寻往日时光，
对酌，浅吟和唱。

2017.7.2

悠然，遇见那更美的真心

暮春熏风倾听花落的声音，
清晨薄雾漫步桐雨的山阴，
弹琴长啸空谷，纵情忘路远近，
悠然，遇见那更美的真心！

抖落岁月尘音，
拨开愁云迷津，
释然一身消散往日艰辛；

平复纠结心灵，
留存希冀相信，
笑望一路春去草已如茵；

旋舞中拥抱残红似锦，
松泉间独自吹箫抚琴，

鸟鸣处岩云出岫无心，
回望时送昨故而迎新！

我忘情于这多情的山林，
遇见，
心扉深处的恬然之情，
归去之间的情感足印，
人生路上的美景臻品；
挥手——望日暮行远天高无垠！

悠然，遇见那更美的真心！
不以悲喜为瘾，
携爱，闻香而馨！

2017.5.21

守望，那油菜花开的春野

微微东风拂过金黄色的花叶，
霁雨成烟陇上一片梦的境界。
忽如落日熔金，满眼灿灿摇曳，
守望，那油菜花开的春野。

莫问转瞬即谢，
莫管不日消歇，
但看这怒放轰轰烈烈；

纵然风雨继夜，
纵使春将去也，
但看这生机层层叠叠！

浓浓沁香中伊如彩蝶，
翩翩起舞间花映水榭，
融融春色里只争朝夜，
悠悠华年中笑靥无邪。

我久视这美的情节，
眷恋，
那抱团芬芳的和谐，
那笑对风雨的不屑，
那一生灿烂的纯洁，
欣然——将你的华丽书写！

守望，那油菜花开的春野。
愿化作你的蝴蝶，
维以不永别！

2017.3.14

抬首，皓月照进我冰洁的心

在冰凉的夜色中缓缓独行，
遥看对岸的灯光闪烁不明，
寒风萧瑟，心潮难宁，
抬首，皓月照进我冰洁的心。

忍看那么绝情，
冷看那些行径，
此刻的我无比清醒。

逃离那片陷阱，
远遁那些魅影，
此时的我恍然庆幸。

触手可及风的泠泠，
揽怀直抵天河无垠，
纯然一片是我不变的真情，
肝胆冰雪映衬孤光的晶莹。

我独对月的光明，

冰洁，

是一泓海水之清，

是一蓑烟雨之情，

是一诺不悔之心。

蓦然——懂了你的圆缺阴晴。

抬首，皓月照进我冰洁的心。

即便从此山无陵，

心湖渐已平。

2017.2.14

第二辑

诗心真情

就让我为你虔诚地祈福，

心有所向，穿越迷雾，委身孤独。

看神光降临的一刻，

迎向我们的救赎。

我愿意

就让电闪雷鸣的天空震醒沉睡的大地，
即便那滂沱的大雨浇灌一身，
我也会毫不迟疑，
我愿意！

就让声嘶力竭的呐喊穿透失聪的耳际，
即便那百般的呼唤倾尽全力，
我也会毫不迟疑，
我愿意！

就让风雨齐晦的景象揭开衰败的秘密，
即便那冷酷的责罚随之而至，
我也会毫不迟疑，
我愿意！

除了期待你的归来，
和你在一起，

我在所不惜。

为了我们的明天，
我将一路兼程，
与君同行到底。

为了我们的未来，
我将守望相助，
与你生死相依。

为了我们的孩子，
我将披星戴月，
与子同袍同衣！

为了你，
我愿意！

2020.6.24

惆怅

惆怅有多深?

请你，请你不要问。

何事苦深沉，

今宵月上藤。

不屈的人，

到河晏海清、黑夜转晨，

还要历经多少暮雪纷纷?

坚持的人，

打开心门，

相信光明之神，

所有的痛楚终会远去，

期待定然成真。

2020.6.18

请别放弃

我已无梦，
世事纷乱多少悲喜在演绎。
百感交集啊，
但请别放弃。

万般，万般的痛惜，
静好的岁月难再觅。
生无所依，
纵然在挣扎之间拼尽全力，
终难找到幸福之地。

擦干泪水守望在一起，
就这样顽强地坚持到底。
不抛弃也不放弃，
穿过长夜黎明定会重启。

我愿日夜兼程只为你。

一定要牢记，
无论多难留一份希冀。
千万千万啊，
请别放弃！

2020.5.21

我们去推倒那堵墙

盼了那么久，
我们去推倒那堵墙。

你说，
它是一张无形的网，
罩住了月影和日光。
莫名看不清远方的理想，
无知无畏者日夜在狂欢。

盼了那么久，
我们去推倒那堵墙。

你说，
它是一块厚实的板。
隔绝着春花烂漫。
挥手触不到微渺的希望，
弹丸之地里晕眩着方向。

盼了那么久，
我们去推倒那堵墙。

你说，
它是一座紧闭的房，
被沉重的窗帘遮挡。
举头望不见明媚的阳光，
墙角的虎耳草越发茁壮。

盼了那么久，
我们去推倒那堵墙。

2020.4.27

我不愿沉醉

我不愿沉醉，
当所闻所见清一色的美。
在密闭的时空里，
闪烁着诡异的光辉。

我不愿沉醉，
当所闻所见清一色的美。
在狭隘的时空里，
尽是燥热，尽是无畏。

我不愿沉醉，
当所闻所见清一色的美。
在扭曲的时空里，
常识被遗忘，无从判是非。

我不愿沉醉，
当所闻所见清一色的美。

在焦灼的时空里，
真相迷失，真理已废。

我不愿沉醉，
当所闻所见清一色的美。
在惊悚的时空里，
鬼影憧憧，魍魉魑魅。

我不愿沉醉，
当所闻所见清一色的美。
在虚幻的时空里，
清醒是唯一的逃飞。

2020.4.26

救赎

一棵树，

需要直面多少风狂雨注，

才能成为参天古木。

一条路，

需要历经多少蜿蜒曲折，

才能到达灵魂归处。

这熙熙攘攘的世间，

人心不古，

苍天绝祜。

就让我为你虔诚地祈福，

心有所向，穿越迷雾，委身孤独。

看神光降临的一刻，

迎向我们的救赎。

2020.4.20

甘愿

我是心甘情愿地付出，
像等待一棵开花的铁树；
我是心甘情愿地投入，
像安慰一场受伤的啼哭。
你需要时就靠近我，
像寒夜中依偎灯光的温度；
你不必时就离开我，
像阳关外渐行渐远的丝路。

2020.5.12

千古诗情

蒹葭苍苍，白露为霜。
你在诗经的开篇中，
迎面扑来，映着晨光。

秋风萧瑟，洪波涌起。
你在碣石的沧海边，
随浪打来，慷慨激昂。

月落乌啼，江枫渔火。
你在姑苏的客船里，
落寞自来，前路迷茫。

古道西风，老树昏鸦。
你在落日的余晖下，
寂寂愁来，带着苍凉。

秋风怒号，卷我重茅。

你在凌乱的呼啸间，
激荡而来，召我志向。

相思相见，此时此夜。
你在情人的相思上，
款款而来，缠绵柔婉。

落木萧萧，长江滚滚。
你在不息的川流畔，
感慨而来，叩问万象。

晴空一鹤，诗情碧霄。
你在壮丽的豪情里，
凌云而来，高歌启航。

穿越千载，诗情无限。
你就在流淌的诗行里，
你就在我们的情感里，
你就在中华的文脉里，
翩然而来，万古华章。

2020.9.19

远山的追寻

秋色渐深，
心情愈沉。
霜风凄紧露华重，
枫红叶黄落纷纷。

一年的成熟已被收割无痕，
茫茫的大地找寻回忆的根。
泪水肆意流淌带走了余温，
遥远旅途逢上又一个山门。

看惯了尘世纷扰刻薄寡恩，
思透了人心不古只余残忍。
暗如夜微光没入黑林森森，
谁与共穿越幽暗迎接清晨。

如是我闻，

西东无问。

远山落晖寒袭身，

追寻大道但求真。

2020.10.19

清愁

即便梦落尽深夜锁清秋，
即便衣带宽人比黄花瘦。
假如可以让时光再倒流，
我甘心饮尽所有的清愁。

我甘心饮尽所有的清愁，
假如可以让时光再倒流。
即便衣带宽人比黄花瘦，
即便梦落尽深夜锁清秋。

2017.10.9（是日为寒露之后）

我的独白

唯有沉思，可以代表心灵的独白；

唯有泪光，可以折射本色的真情。

唯有自由，让久受压抑的生命力无限舒展；

唯有梦想，让蜷缩一隅的希望重现闪光。

唯有任情任性，方见平凡生活之原味；

唯有执着如初，终得寿终正寝之结局。

不愿为世所屈，远离浮躁；

不愿笑靥如花，远离尘嚣。

不愿卑躬屈膝，拒绝弯腰；

不愿苟延残喘，拒绝苟且。

不愿现实定调，保留梦想；

不愿牺牲真我，保留本心！

2006.7.7

第三辑

心灵颂曲

我仍然，惯看这过眼云烟，
命运有命运的交响，
世态万千，
终因你的坚守而有所改变。

待雪化时

待雪化时，
河岸撕开封印的冰原，
欢快的溪水响彻心间。

待雪化时，
老屋卸下冰凌的角尖，
久违的艳阳照耀云天。

待雪化时，
满陇争吐新芽的香鲜，
重逢的时刻畅所欲言。

待雪化时，
暖风驱散昨夜的梦魇，
希望的大地春色满园。

2020.4.16

三个世界

未遇你之前是第三世界——
懵懂无知，愚钝未解。
风霜凄紧，漫漫长夜。

始懂你之后是第二世界——
急急如令，追求不歇。
寒宵渐暖，故枝新叶。

今守望着你是第一世界——
魂牵梦绕，幸福不竭。
春归大地，自由纯洁。

2020.4.7

光明

给我一线光明，
我要唤醒整个人间。
给我整个人间，
我只要那一线光明。

光明在哪里？
就在黑暗中仍明亮的心头，
在每个人的夙愿间，
在一代人的追求里！

2020.3.16

自由

紧紧抓住自由，
因为一旦自由不再，
生活就像被人提线的木偶，
无法随心所求。

紧紧抓住自由，
因为一旦自由远走，
生活就会陷入无尽的烦忧，
只有苦痛无休。

紧紧抓住自由，
因为一旦自由消失，
生活就被凄风冷雨浇透，
无法同心相守。

紧紧抓住自由，
因为一旦自由成空，

生活就将堕入暗淡的岁月，

只剩挣扎春秋！

2020.3.2

（读美国黑人文学领袖兰斯顿·休斯《梦想》有感而作）

风的不羁

寒潮来袭，
空气中充斥着萧杀之气。
仿佛如虎添翼，
风纵情撒欢驰骋天地，
呼啸声声凄厉。
请不必忧心，更不必讶异，
谁的心中不会羡慕和欢喜，
风的自由与不羁？

2019.11.27（是日为感恩节前夜）

深夜的思索

我在深夜里思索，
前行的路途也时常让我困惑。
凄厉的寒风里夜雨肆意的打落，
世事的无常听得谁人的述说？

孤独的灵魂冷看岁月的蹉跎，
失声的呐喊忍听磨刀声霍霍。
满目的悲怆感受大地的烧灼，
虚伪的人间掩盖真相的无果。

我在深夜里思索，
黑色的大幕将一切牢牢深锁。
点点星光照着卑微的你我，
向着黎明许下我们的承诺：
守候梦想的本色，
期待花开朵朵！

2019.10.28

坚持希望

我不去回想曾经困顿的过往，
只要依然憧憬诗和远方，
凄风苦雨也浇灭不了，
理想的光芒。

我不去回想那时骄躁的轻狂，
只要扪心静听它的鸣响，
万千错谬也终将指进，
正确的方向。

我不去回想身旁的冷言诽谤，
只要时刻保持平和豁然，
山崩海啸也转瞬散入，
生命的长江。

我不去回想还会有多少风浪，
只要一息尚存坚持希望，

百转千回也定将谱出，

壮丽的篇章。

2017.10.17

振作歌唱

当太阳光猛烈地曝晒着我的躯体，
当最后的水滴感伤这干枯的河床，
我依然执着地提起嘶哑的喉咙，
用亢奋的节律继续：振作歌唱。

当我的脚步深陷在泥泞的沼泽，
当我的小鸟消失在天空的远方，
我依然执着地用断章的旋律，
在残破的曲谱上继续：振作歌唱。

我要用心听那万象的天籁，
我要用心唤那滋润人间的露霜，
徜徉着丝雨那份温馨美好的淋漓，
用梦想的翅膀继续：振作歌唱。

2001.5

走在霜风里的夜思

沉寂的夜晚，
循着簌簌的秋声而行。
寒霜在月色下泛着微光，
落叶随着夜风飞舞飘零。

萧疏的星空，
唯有北极星如此晶莹。
江河的波涛日夜在流淌，
孤屿相伴千年默默静听。

心中的灯塔，
照亮人生全部的风景。
信仰在痛苦磨砺中坚持，
梦想在岁月里愈加光明。

永恒的追寻，
自由的灵魂那般娉婷。

西方的风带着一切祈盼，
相信世界定将郁郁青青。

2020.11.5

暮夏的追忆

看暑气渐消，
感节令变迁。
那段燥热时光，与人生起伏，
折断了梦想的开篇，
空留下，
霭霭浮云烟。

你说要牢牢地握住，
握住人生的夏天，
攀向峰颠，攀向峰颠，笑傲峰颠。
然而疾风似箭，流霜若鞭，
你无处避险，重重坠入山涧。
望空山，花开幽谷无人怜。

我翼翼地走入你的心间，
闻到馨香的畦园，
望见荒野里的光焰。

这光焰，
从夏的开端燃到终结，
即便闪耀的只是星星点点，
却相信终会漫成燎原。

我仍然，惯看这过眼云烟，
命运有命运的交响，
世态万千，
终因你的坚守而有所改变。

我知道，
沧海桑田，
并非是终点。
我深信，
夏天虽逝，
依然会见你，
久违的笑颜。

2017.8.23

恒

澎湃的是我的誓言，
热情的是我的信念。
虽然生活未曾眷顾，
抬首秋阳照我的脸。

抬首秋阳照我的脸，
虽然生活未曾眷顾。
热情的是我的信念，
澎湃的是我的誓言。

2004.10.15

冷静的十四行

我忽然想起他人的嘲笑，
便不由得浮起些怅惘。
心如被冰镇似的冷寒。
那些人满足地以之为妙。

谦虚的心灵从不自傲，
也绝不轻易嘲弄别人。
而那些卑劣的灵魂，
他们终究将无可救药。

一切远去，一切会消散。
切不要为他们无畏苦闷，
看天地间处处有清风。

留住心的真诚芬芳，
踏出满是肮脏的泥沼，
自信走向，那黎明春晓。

2000.4

第四辑

春天的诗

花开多娇，春阳正好。

眼之所及处遍野春潮。

刹那间将我拥入你多情的怀抱

四月

满城柳絮飘飞的春潮里氤氲缥缈，

早于早晨的云比早晨更早。

我的笛声嘹亮，兴致正好，

我把这早晨的云散入春潮。

一面是花雨，一面是逍遥。

我的笛声嘹亮，兴致正好。

早晨只有在春色里孕育希望的分秒。

春花浪漫，鸟语呢喃，

红杏枝头又闹。

我的笛声嘹亮，兴致正好，

踏青登楼望春潮。

2020.4.24

沉浸春的美好

我喜欢沉浸于音乐的美好，
受伤的心灵在旋律中平复它的波涛。
任时光流转季节更替只爱你的萦绕，
泪眼迷离依然追寻着你的脚步舞蹈。
窗外云淡淡风悄悄，
飞鸟欢唱着入云霄。
花开多娇，春阳正好。
眼之所及处遍野春潮。
刹那间将我拥入你多情的怀抱
……

2020.4.17

春天

飞花是浪漫的回忆，
回忆是易逝的飞花。
偶然的邂逅，
你凝视着我。
回想起，
二十年的青春风华。
仿佛是昨日的梦，
快乐已泯于那些尘封的情话，
心头总不免留下惆怅的烟霞。
我无法忘却，
用春的色彩，
把过往的情意嵌入油画。
我总是相信，
只要心中种着爱的草芽，
就能让祝福穿越天涯，
开出满树的春花。
哦，青春在梦中摇曳，

那般美丽而无瑕。
是的，
邂逅就足够了，
我已记住此刻，
你明媚的脸颊。

2020.4.15

春的羽裳

我在初春的烟雨里寻觅心中的渴望，
眼前雾霭沉沉中辨不清前行的方向。
那些揪心的消息传来扰乱我的思绪，
闻着大地的呻吟独自藏在风中彷徨。

肖邦的奏鸣曲萦绕触动一点点感伤，
幽深的积雨云压低莫名一丝丝心慌。
檐上的归巢燕啼叫带来一声声欢乐，
祈求的祝祷词诵起沐浴一片片阳光。

我在初春的烟雨里寻觅心中的渴望，
你在桃花的倒影之中盛开笑容芬芳。
让那春色洗涤一切幽暗荒芜的岁月，
朗朗清风里为你织出一袭梦的羽裳。

2020.3.4

初春短章

春风袅袅娜娜地拂面而来，
像河里的柔波从身旁流过。
春雨娉娉婷婷地漫天洒落，
像梦中的甘霖晶莹而闪烁。
愿风吹散残冬的阴霾落寞，
驱赶满目疮痍消沉的生活。
愿雨润泽苏醒的满园花朵，
抚慰伤痛心灵不安的焦灼。

2020.3.3

春日二题

一

记忆，
丢失在了春天里。
天涯无语，
落花寂然。

二

我有一份黑名单，
厌倦的人，
都在那份记忆里。
年华默许，
岁月不言
……

2019.5.18

春天正赶来

春天正赶来！
和煦的阳光穿透雾霭，
驱散残冬的阴霾。
鸟儿在林间穿梭徘徊，
春声曼妙旋心海。

春天正赶来！
满眼的清风激荡澎湃，
焕发着山川的神采。
苏醒的溪流宛如玉带，
春意潺潺入我怀。

春天正赶来！
枝头一束束花开，
悄悄映入我的书斋。
宣纸上写下一行雅致的小楷，
春心隽永春常在。

春天正赶来!

万千飞絮悠飏拂去俗世的尘埃,

花间的你身着一袭莲白。

任岁月静好春暖花开,

春情缱绻一片爱。

2019.4.22

看着风儿扬起

看着风儿扬起，
细柳嫩叶的春天，
绿得如水澄清。

看着风儿扬起，
缤纷花语的季节，
洒下一路风情。

那九溪十八涧的水，
一片碧色叠映；
那苍翠夺目的竹丛，
一段奇秀光景。

那柔波轻盈的西子，
几何袅娜娉婷；
那晚霞中的湖畔，
多少伊人倩影。

看着风儿扬起，
追逐春光的少年，
携来佳侣同行。

看着风儿扬起，
遍处华彩的大地，
留下无限深情。

2001.4

紫罗兰色的暮春

紫罗兰色的傍晚，
天空撒着些微雨。
寂静的夜晚，
在喧嚣都市的一隅，
沉默于暮春的温存。

是谁，
迎合着吹面而来的风，
借满池湛蓝的湖波，
悄悄带来，
虹般的靓影，
百灵般的笑语。

然而，
匆忙的路人，
谁又能注意到，
这些细微的场景。

这样的暮春时刻，
谁来找寻年轻的悸动。

是的，时光依旧在流转，
生活里有快乐也有惆怅。
也许明天，
我们只能带着不舍的心情去怀念，
怀念那些美好而短暂的光景。
就让我们伴着徐徐降下的夜色，
融入这紫罗兰色的暮春。

2001.5.30（写于浙江大学华家池畔）

春之恋

天，现在已变成了一片墨蓝。
耳旁，还能隐约听到一声声鸟鸣。
我不寂寞，因为春天还未曾离开我。

然而天色向晚，
夜的幕布即将挂下，
四周清静地连灯光都寂寥。
我的视线透视着窗外，
那方在夕阳下显得逐渐朦胧的水塘边，
有一朵快要入睡的郁金香。

当鸟儿们飞进鸟巢不再歌唱，
我知道窗外的世界有了月光，
月光照不进我的心哟，
我的心头感到一丝惆怅。

我那略显疲惫的心，

你为谁而憔悴不堪?
我那最爱的春天啊,
请不要离开我身旁。

当鸟儿们再一次歌唱,
当眼波闪动你的模样,
当郁金香花醒来绽放,
当暖风吹进我的手上。

我那幸福的心哟,
来为世界纵情歌唱,
你看,你看,
春天就在我们身旁。

2000.3.25

第五辑

秋日之歌

依稀的笑靥，

满腹的心曲何处抒写？

待和的诗行字字冰清玉洁，

述说我的衷肠啊一切一切！

暮秋的诗章

暮色苍茫，
微寒近前。
寻寻觅觅那晚秋的诗篇，
层层叠叠是满目的梯田。

斜阳古村，
巷陌无言。
羊肠小道漫开淡淡的墟烟，
斑驳篱墙刻录消逝的流年。

锦里人家，
林丛山间。
倦鸟还了携着蓝蓝的云天，
柿子红了染成彤彤的一片。

风花雪月，
时光绵延。

彩霞来时看风叶舞动翩翩，

白云归处听秋水叮咚涟涟。

2019.11.24

我愿是楠溪的秋

我愿是楠溪的一瓢秋水，
绕着溪山纵情流淌。
青峰翠林间轻声地鸣唱，
添入画的山川一路长廊。

我愿是楠溪的一缕秋风，
围着溪山随意飘荡。
炊烟袅袅中将稻谷染黄，
助高飞的鸟儿自由翱翔。

我愿是楠溪的一片秋岚，
伴着溪山陶然过岗。
云卷云舒里为岁月渡航，
化乡间的晨韵白露为霜。

我愿是楠溪的一束秋光，
爱着溪山悠游舒畅。

乡音乡情中过庭穿堂，

佑故乡的山水年华流长！

2019.11.3

秋的十四行

风起，斜阳里飞过那振翅起舞的鸽子，
远望，湖水微泛着涟漪展开她的碧裳。
为你，在秋光之中写下一首十四行诗，
记忆，深埋在岁月中闪耀柔情的光芒。

倾听，山间的林涛传来秋之声的呓语，
恍如，迷离中不能释怀那梦境的交响。
踟蹰，茫然四顾莫名的心悸不绝如缕，
无声，眼前花开那时娉婷都淡淡而视。

长路，在荆棘和花丛之中绵延而弯曲，
梦想，在希望和失落之中一遍遍交织，
反复，和韵而歌敞开心扉一览而无余。

为你，在秋光之中写下一首十四行诗，
相望，看你佩戴着那灿灿闪烁的琼琚，

祝福，伴着最美的秋色送去清风徐徐。

2019.9.25

（听钢琴曲莫雷利亚华尔兹 morelia’s waltz 即兴写就）

深秋的放歌

野菊绽放，红枫成林，
秋的风色里感岁月如金。
风和日丽，天朗气清，
秋的华彩中望山川如新。

携来同游荟聚文士朋宾，
纵情忘我且听高诵浅吟。
一川两岸为台溪山有幸，
百嶂千峰鸣和余音至今。

今时齐诵诗，以梦为马，
明日高歌遍，以志存心。

放歌深秋，
楠溪之上响彻天籁之音。
诗酒青春，
华年之间留驻恒久芳馨。

2017.11.6

秋夜抒怀

冷雨的长夜，
昨日的繁花无声而谢。
凄厉的秋风肆无忌惮地撒野，
皱褶的心愫啊一叠一叠！

湿漉的世界，
枝头的金桂零落满街。
漫自的秋雨无情摧打着霜叶，
滴泪的独行啊一阶一阶！

尘封的雨榭，
梦境的色彩黯然消歇。
清冷的呓语隐遁那时的彩蝶，
落寞的惆怅啊一截一截！

依稀的笑靥，
满腹的心曲何处抒写？

待和的诗行字字冰清玉洁，
述说我的衷肠啊一切一切！

2016.10.18

秋月随想

千年皓月挥洒无边的思念，
今夕把酒遥问万古的青天。
夜风如水秋菊绽放着香鲜，
扣舷歌于月白风清的江面。
遂了月圆！
遂了月圆！

三秋桂子岸伊人轻卷珠帘，
花朝月夕里离人望空怀远。
天涯共此时长情相思无间，
起舞弄清影今朝问谁好眠。
魅了人间！
魅了人间！

李太白笔下霜雪的床前，
王司马月中秋思的芊绵。
苏东坡词上绝美的婵娟，

在唐宋华章里恣意流连。

醉了诗笺!

醉了诗笺!

多少的往事顿化成云烟,

皎洁的清辉流照入心田。

乘月归去兮此情深无限,

月华满楼时欲语已忘言。

偿了宿愿!

偿了宿愿!

2016.9.14（中秋前夕）

暮秋的断想

秋雨未央，
暮色茫茫。
寒风萧瑟中凝露结霜，
晚秋的离别总是触动着心曲——
惆怅惆怅。

枫红如丹，
阡陌苍黄。
似水流年里轻抚时光，
岁月的印痕悄然镌刻着思绪——
悠长悠长。

风起朔方，
云遮远山。
氤氲弥漫处追忆芬芳，
心底的化境依旧难舍的情愫——
飘扬飘扬。

断鸿征帆，

孤屿寒江。

亘古悲秋中感念时殇，

不息的川流忽如梦境的呓语——

归航归航。

2013.11.28

启程，以秋日的名义

离开，在秋风瑟瑟里；
离开，在万叶飘零中；
尘世纷扰的光景绚烂迷离，
悲喜人生的大戏周而复始。
泛黄的秋草里寻觅斜阳的余光，
丰收的田野上追忆少时的嬉戏。

看惯了世事沧桑，
消磨了流年短长。
触摸可及几多虚妄，
纷飞淋漓苦雨若殇。

归去来，归去来，
秋未已，胡不归！

那些召唤在林间，在天涯，在山颠，
在西方的一隅，在秋光的灿烂里！

归去来，归去来，
秋未已，胡不归！

启程，指那心灵的召唤；
启程，指那自由的歌声！
以秋日的名义，
抛弃所有，
奔向那片自我的天地！

2008.7.4

秋夜情思

今夜，寂寂无声，
独自徘徊于小园的孤径上。
四周，枯叶瑟缩，
飘零在深秋的落寞之中。
新月，暝暝无光，
在灰蒙的云层里不见亮色。
路灯，昏昏欲睡，
勾起一片瞌睡人的迷离。
徘徊悲秋
悲秋徘徊。
愀然的心，
泊动在苍黄的深秋
……

2000.9

秋的寄语

（一）

红枫片片，
寄来秋至的消息。
白露茫茫，
掠过无声的寒意。
窗外都市的夜空，
不断传递，
人声车马的喧嚣，
夜夜含泪的梦中，
思念的人儿，
是你
……

（二）

远隔千山万水，
挥之不去的，
你的情思，

我的离愁。

假若，

鸿雁传书、

白云寄语，

我只会，

让其带去一句，

最美而最古老的话：

“弱水三千，

我只取一瓢”。

2001.9.17

第六辑

时光物语

春分谁分?

云山隔数层。

今夜相思谁入梦,

花飞过几更!

春分

春光融融，
冉冉物华盛。
万千芳菲悠绽放，
淡淡三月风。

柳色含烟，
莺啼一声声。
天青欲雨不觉冷，
红杏满瓯城。

春分谁分？
云山隔数层。
今夜相思谁入梦，
花飞过几更！

2019.3.21（是日为春分）

小满

今日小满，
暖风来自太平洋。
枝头鸟儿声声唱，
河水丰盈渐滋长。
穿行于田间地头，
迎面而来一片片金黄的麦浪，
渐已成熟的果实越发茁壮。
放眼山野空旷，
夏花悄悄绚烂。
光阴里写满了你的成长，
热烈的青春呀昂扬向上。
遍处的暖意弥漫开爱和光芒，
无边的风华触及到梦和希望。

2020.5.20（是日为小满）

芒种

芒种的记忆，
还停留在儿时的农忙假期。
没有下田插秧的经历，
只有日光倒映下的水田里，
满是新鲜与好奇。

那时的天空蓝得一碧如洗，
那时的河水轻轻泛起涟漪。
那时的土带着乡野的气息，
那时的风传来自然的诗意。

埂上的一片蛙鸣彼伏此起，
渠中的一群鱼儿穿梭随意。
伙伴们放情追逐打闹嬉戏，
归去时个个留下满身的泥。

我的芒种，
没有忙碌、插秧和耕地。
我的芒种，
多了闲暇、快乐和顽皮。

再也回不去的年代，
芒种里藏着童年的欢喜。
再也找不回的时光，
芒种里飘着甜蜜的往昔。

2020.6.16

夏至

夏至，
太阳的节日！

这一天，
北半球的天空，
你的光辉达到极致。
无敌的光焰，
炽热的情怀，
穿越万古向着大地投掷，
到处洋溢你热烈的声势。
翻滚的热浪中涌动夏的舞姿，
季节的盛宴里青春精彩如诗。

夏至，
太阳的节日！
奉上我被点燃的激情，
随你的光芒策马奔驰！

2020.6.17（是日为夏至前夕）

小暑

晚风初定，
莲在池中花开娉婷。
一点孤星，
闪烁天际晦暗不明。
长夜寂静，
月挂中天流光照影。
心绪难宁，
倚门忽听一片蝉鸣。

夜色阑珊中飞舞着流萤，
昙花一现后唯留温风轻。
寂寞徘徊时暑气又满盈，
浮梦如幻处顿生些凄清。

静坐一夕待天明。
归去，
放下满怀的愁情，

看锦池菱透浮萍，

红尘风波平。

2020.7.16

大暑

酷热，
不绝的酷热。
暑气滋长着，萦绕着，弥漫着，
无法回避，不能后撤。

酷热，
恼人的酷热。
大汗抛洒着，淋漓着，挥舞着，
湿透全身，映出光泽。

酷热，
狂妄的酷热。
台风咆哮着，震撼着，侵袭着，
吹枯拉朽，不速之客。

酷热，
窒息的酷热。

思绪紊乱着，头疼着，疲惫着

此情难耐，魂不守舍。

2020.8.5

立秋

江南的立秋，
炎热初收。
静立在溪头，
河水潺潺。
采花中斜看，
云过山丘。

独自上西楼，
清风悠悠。
穿梭于深巷，
时光如流。
漫步在乡野，
兴味未休。

江南的立秋，
光景依旧。
远山如黛色，

草密树稠。
寒蝉不住鸣，
召唤归愁。

华灯初上时，
弦月如钩。
小桥流水处，
暗香盈袖。
极目楠溪上，
鸟掠汀洲。

江南的立秋，
情为谁留。
多情应念我，
为君守候。
悦动可知否，
思发心头。

2020.8.19

处暑

秋光尚不至，
暑热尤未消。
经历漫长夏日的煎熬，
期盼凉爽清秋的来到。

寒蛩断续鸣，
新蟾上树梢。
望一池残荷再无妖娆，
盼一树桂香满庭飘摇。

松下独弹琴，
划然而长啸。
炎凉来去往复风萧萧浪滔滔，
禅意悄然落定心寂寂人渺渺。

2020.9.2

秋　分

（一）

这一刻，
阳光在赤道上直射。
沧海清冥间，
时空已均分，
岁月忽如歌。
昼夜等长分予山河，
晴雨交织分予萧瑟。
离人心上秋，
多少悲欢离合；
木落未待黄，
多少忧思悱恻。
对秋当歌若几何？
劝君及时当行乐，
俯仰皆自得！

（二）

秋分，了结一段长夏的往事。
寒露，展开一种清秋的风姿。

总是感慨，风的飘逝。
总是流连，你的心痴。

任岁月往复，天气晴湿。
愿秋来秋去，冷暖相知。

2017.9.19（是日为秋分前夕）

立冬

江南的立冬，
秋深正浓。
落木萧萧下，
枫叶飘红。
短篱残菊黄，
风老梧桐。

岭上云从容，
漫卷凌空。
山间回望处，
遥对青松。
忽闻一声啼，
群鸦惊动。

江南的立冬，
年华匆匆。
庚子何其艰，

泪眼蒙眬。
往事堪回首？
历历在中！

北雁正哀咽，
霜霰愈重。
断肠夕阳时，
日薄寒空。
悲欢常作客，
此心谁同。

江南的立冬，
何以相送？
夜来梦同游，
携手花丛。
愿得人长久，
婵娟与共。

2020.11.17

小雪

小雪无雪，
暮寒降瓯越。
天色向晚难觅飞雀，
忽然一声低空而掠。

小雪无雪，
何处闻雅乐。
踽踽而行面朝山岳，
踏歌待和为谁而悦。

小雪无雪，
期待再相约。
新炉煮茶火苗腾跃，
唤君同饮可否知觉？

小雪无雪，
思念总不绝。

锦书已修只待你阅，

栏外中天一弯新月。

2020.11.22

大雪

北方又是一派茫茫大雪，
江南却还是初冬的时节。
梦中的琼花纷纷地洒落，
而眼前只有飘零的落叶。

雪的语言是寂寞的独白，
雪的天空是晶莹的世界。
雪的使命是净化的心灵，
雪的梦想是无瑕的纯洁。

在银装素裹下陶醉原野，
在北风萧萧里感受清冽。
在渺无人烟处舞动如蝶，
在风花雪月中自由和谐。

纯净的雪色里没有幻灭，
现实的心境却空空如也。

微渺的希望也转瞬消歇，
唯有那残留心头的慰藉。

北方又是一派茫茫大雪，
江南依旧是初冬的时节。
当梦中的琼花纷纷洒落，
就如同见你如花的笑靥。

2020.11.30

你好！ 2014！

飞雪舞动着曼妙的身姿，
红梅绽放在寒树桠枝，
屋檐的冰凌在阳光下闪耀晶莹，
新年的钟声缓缓从天而至
——你好！ 2014！

漫天的烟花祝贺着一元复始，
万千的憧憬汇聚着无限情思，
满怀着激情与梦想昂首走向未来，
新年的问候那般悦耳如诗
——你好！ 2014！

风云激荡不改内心初衷之志，
赤子热血奉献青春报效桑梓，
艰辛的征程与坎坷不改心的方向，
新年的追寻努力在每一日
——你好！ 2014！

金蛇狂舞的岁月悄然已逝，
万马奔腾的日子电掣风驰，
春来大地你我欢歌笑语马上纵横，
新年的礼赞呈上简约的献词
——你好！ 2014！

2014.2.11

你好！2015！

新年的阳光照醒沉睡的山麓，
携手登高的你我跋涉在行途，
崭新的光阴徐徐揭开想象的扉页，
无限期冀中放飞共同的祝福
——你好！2015！

天际的朝霞染红河海川湖，
古刹的晨钟响彻瓯越遍处，
飘荡山间的歌声高扬执着的激情，
心的祈祷间铺展梦想的前路
——你好！2015！

去岁的光景翩然逝而作古，
今朝的风云呼啸至而待书，
未及缅怀的岁月再起追索的弦歌，
和悦春风里共勉苍穹的大幕
——你好！2015！

策马奔驰的豪情未曾停步，
三阳开泰的祥瑞何可辜负，
千磨万击仍不改初衷未变的追求，
不远未来时且听胜利的欢呼
——你好！ 2015！

2015.1.1

你好！ 2016！

人定的雪夜里寒风呼啸不休，
斗室的灯光下落笔春色依旧。
如梭的光阴岁忽忽而时遒，
又是新年的祈福长久长久！
——你好！ 2016！

年关的流云已无心而出岫，
归来的燕雀近乡而声啾啾。
冬去春来遍野又满绿丝柳，
喜悦的时刻在心中停留停留！
——你好！ 2016！

如花般美眷展开鲜红的裙榴，
笑靥盈盈间呈上醉人的美酒。
举樽遥邀那翱翔天际的苍鹫，
新岁续写青云鹏举一秋一秋！
——你好！ 2016！

羊肠九曲追索不辍莫负心疚，
金猴奋起千钧重磅乾坤横扭。
流金岁月大地飞歌处处锦绣，
陪君喜看澄江如练静流静流！
——你好！ 2016！

2016.2.4（农历春节前夕）

你好！ 2017！

破晓的天空闻听啼唱的金鸡，
矫健的步履飞奔金光的晨曦，
欣然间起舞迎候东来的紫气，
新故相推间释放生命的张力！
——你好！ 2017！

过往的旧岁满载厚重的回忆，
新生的时光迸发无限的生机，
千万次经行不改初衷的心意，
无数回追索留存奋进的砥砺！
——你好！ 2017！

隆冬的暖阳照进心灵的境地，
久别的挚友同忆深情的往昔，
清冽冽茶香带来午后的心怡，
悠悠然恋歌畅想前程的美丽！
——你好！ 2017！

万里的春风喜看枝头的花蒂，
梦想的开篇期待硕果的惊喜，
相互间问候祝贺元旦的新禧，
不懈怠前行大写你我的传奇！
——你好！ 2017！

2017.1.1（元旦）

第七辑

情致为诗

思也无涯，

思也无涯，

情溢满，

但为君而发。

我的祈求

当春风吹满地的时候，
我向上天深深祈求，
可爱的你，
依然如往昔那般美丽而温柔！

当鲜花铺遍山崖的时候，
我向白云深深祈求，
花样的你，
依然投给我动人靓丽的回眸！

当湖水滟滟随波的时候，
我向大地求得保佑，
皎洁的你，
永葆纯真无邪的童心到尽头！

当梦境徐徐展开的时候，
我向真心求得保佑，

梦中的你，

常伴着我的爱与情无止无休！

2019.2.14（情人节，听肖邦圆舞曲即

兴写就，献给我的小情人）

霞

最后的一抹晚霞，
褪去喧嚣的繁华，
宁静中绽放心花。
思也无涯，
思也无涯，
情溢满，
但为君而发。

2016.12.31

残雪

雪后初霁。

法兰克福的街头，

笼罩在一片黑白的世界里。

天空没有鸟儿的踪迹，

枝丫挂满银色的荆棘，

行人脚步匆匆的逃离。

年华缥缈，

行途无计。

何处才是你我，

心心相惜的归依！

2018.12.30（观摄影名家卢雪峰先生摄于德国法兰克福新作《残雪》的同名题诗）

青龙湖的幽思

青龙湖，
一处隐秘在楠溪江深处的山水庄园。
一根船纤，
将一船人缓缓拉向了她的神秘花苑。

鸟呢喃，
晓风徐来悠然绕画檐。
清波静，
亭榭长廊清秋锁庭院。

芭蕉一夜听雨，
潺潺流水冷山泉。
鸡啼一声破空，
忽觉暧暧远人烟。

青云阁下，
静坐冥想望天怀远。

平步桥边，
舒展清气雾退高轩。

青龙湖，
尘世远遁，车马无喧。
风烟寂静，如花美眷。

青龙湖，
你是一段美丽的邂逅，
你是一方明静的天地，
你是一幅仙境的画卷。

徜徉在你的世界，
此心悠悠已归元。

2020.11.22(写于永嘉楠溪江青龙湖庄园，是日为小雪）

致敬园丁

春雨潇潇，
春风荡漾。
播种的季节里，
您为我们种下求知的渴望。
让我们在成长路上，
升起第一面风帆，
在知识的海洋里，
尽情徜徉；

秋光融融，
秋歌嘹亮。
收获的日子里，
您为我们守候最美的时光。
让我们在奋进途中，
采撷第一颗麦芒，
在人生的彩页上，
镶嵌荣光！

您的粉笔舞动智慧的思想，
您的教鞭指着未来的航向，
您的讲台挥洒人格的光芒，
您的黑板传播无限的力量！

亲爱的老师，
您的声音总是那么清朗；
您的微笑总是那般芬芳！
您引领我们与爱同行，快乐成长；
您教会我们坚韧不拔，追寻理想！

敬爱的老师，
您的教导总是萦绕在我耳旁，
您的呵护总是让我倍感温暖。
您带领我们穿越风雨，走出迷茫，
您陪伴我们感受世界，眺望远方！

您默默捧出一颗园丁之心，
为每一朵花儿倾心浇灌；
您无私付出一片真挚之情，
引着每一位笋芽儿走进那，
知识的海洋，梦想的殿堂！

您是雨露，您是米兰。
您的明灯，您是担当！

云山苍苍，江水泱泱，
先生之风，山高水长！

2019.6.17

致迎风成长的笋芽儿们

从金秋到隆冬，
九山湖畔飘满了落红。
从霜降到大雪，
籀园苑里傲立着青松。

光阴儿似水去匆匆，
笋芽儿成长势如虹。

还记得吗？
那些特殊的日子，
我们携手同行，欢乐与共。

又一个教师节，
我们为老师们捧出翠竹，诵着诗歌，
为他们展现盈盈的笑容。

又一个校庆日，

我们唱着歌儿，送出祝福，
与我们热爱的校园息息相通。

又一个重阳节，
我们亲手制作香囊，献礼长辈，
为亲爱的爷爷奶奶致情意浓浓。

还记得吗？
那些难忘的时刻，
我们放飞梦想，与众不同。

在蓝色的游泳赛场中，
笋芽健儿们劈波斩浪，力争上游，
精诚团结向前冲！

在靓丽的新年舞台上，
笋芽演员们一展才情，美轮美奂，
深情放歌献群诵！

在有趣的籀园故事屋里，
笋芽叙述者们讲述生动，娓娓道来，
精彩绝伦见真功！

在激烈的魔尺拼搭擂台上，
笋芽选手们脑力激荡，小手翻飞，
出类拔萃勇称雄！

还记得吗？
写话本上，
留下我们对秋色的赞美，
对家乡的歌颂；

记录册中，
留下我们对自己动手的热爱，
对劳动的敬重；

美食节里，
留下我们无尽的欢乐，
和开怀的笑容！

愿你记取每一个温馨难忘的时刻，
看梦想的脚步正在阔步行进之中。
待那春天来临时，
看笋芽冒尖，绿意葱葱。
成长的喜悦，
你懂，我们也懂！

2019.1.15（为儿子笋芽儿班所写）

致笋芽儿老师

竹喧声声，
汇成九月的赞歌。
竹叶葱葱，
悦动金秋的欢乐。

三尺讲台，
您倾心浇灌着笋芽儿；
菁菁校园，
我们正展现向上的品格！

在这特殊的时刻，
感谢您的付出，
感恩您的护呵。
您为我们描绘出，
梦想明天的颜色！

老师，您辛苦了！

真诚祝愿您——

节日快乐！

2018.9.9（教师节前夕写就献给笋芽儿老师们）

献给笋芽健儿们

艳阳高照的赛场，
处处风云激荡。
激情四溢的健儿，
个个英姿飒爽。

亲爱的笋芽儿们——
你们阳光，
你们灿烂。
你们潇洒，
你们健壮。

赛道上，
你们飞奔向前、拼搏顽强，
将额头的汗水染上金光。

沙地里，

你们纵情一跃、奋力致远，
让心中的激情迅速点燃。

看台中，
你们欢呼雀跃、齐声呐喊，
为场上的选手传递力量。

奖台上，
你们万人瞩目，风采无限，
将胜利的喜悦共同分享。

你们正是那挺拔的翠竹，
你们正是那高扬的风帆。

在竞技与力量的比拼中，
扶摇直上，
展露锋芒。

在梦想与明天的追逐中，
乘风破浪，
收获成长。

亲爱的笋芽儿们——

为你们喝彩，点赞！

为你们骄傲，歌唱！

2019.11.15（为笋芽儿班健儿参加校运动会表现出色而作）

致天使

纷纷的春雨中，听到花开的语丝；
悠悠的童谣里，触到成长的心事；
美美的笑容下，看到最好的景致！

你们就是一个个无邪的天使，
你们就是一首首快乐的小诗，
你们就是一呀呀亲亲的孩子！

幼儿园里的每一天都是温馨的日子：
教室内你们如饥似渴地学习着知识，
操场上你们激情飞扬脱兔一般奔驰，
游戏时你们尽情玩耍看我七十二式；

在这里，
你们褪去了最初始的幼稚，
你们不再有小屁孩的无知，
再没有躲妈妈怀里哭泣的囧事！

在这里，
你们潇洒靓丽千红万紫，
你们茁壮成长享受天时，
你们学习本领树立大志！

三年的时光悄然已逝，
离园的时刻旋而将至，
惜别之际难舍亲爱的老师，
祝福你们最可爱的天使！

愿你们——
在更大的舞台亮相新姿！
在更美的岁月挥洒睿智！
在更好的未来翱翔振翅！

2017.4.11（写于儿子幼儿园毕业前夕）

致白君

梦里的风吹来，
柔了你的春天；
心里的歌唱响，
舞动你的翩跹；
良宵中，
写下给你的诗篇。
华年里，
记取你的容颜。

2018.5.29（友人生日之际写就）

虎娃与兔仔

一群虎娃和兔仔，
三年来，
度过了无忧无虑的每一天。
稚嫩的脸庞还在，
但成长写在脸上。

从刚入园的小不点儿慢慢长成了一个大孩子；
从牙牙学语，到能说上一口流利的普通话；
从爱哭、胆小的你，变成一个勇敢的孩子。
你们已然是一个个小男子汉，一个个小公主！

你们是下凡的天使，
是初开的蓓蕾，
是振翅的雏鹰，
是扬起的风帆。

从此以后，

你们将开启一段新的航程，
走向人生新的舞台。

飞吧，亲爱的宝贝，
美好的明天因你们而多姿多彩，
勇敢地前行去拥抱精彩的未来。

2017.5（作于儿子幼儿园毕业前夕，该届毕业生生肖属虎与兔，故题）

第八辑

恋恋红尘

海的思念，

是纯纯的深情一片；

海的声音，

召唤了你千年万年。

海

海的思念，

是纯纯的深情一片；

海的声音，

召唤了你千年万年。

蔚蓝的心映衬着蔚蓝的天，

那里埋藏着海的依恋；

洁白的清浪飞舞着，

那是海向你敞开的心田。

你可了解海——

之思、之梦、之恋？

2000.11.14

星夜遐想

月光是寂寞的慰藉，
黑夜是忧郁的摇篮。
穿过你黑发的眼睛，
是我伸向无限远方，
染着淡淡愁绪的梦幻。

2000.1.15

我是一潭湖水

我是一潭湖水，
我轻轻地徜徉在你的身旁，
你轻轻地将你温情的目光，
投入了微泛的波澜。

我幸福着你的深情，
波澜跃跃地欢畅。
把万顷碧蓝的湖水，
酿制成呈给你的琼浆。

我聆听着你的倾诉，
波澜静静地荡漾，
把五彩缤纷的波纹，
幻化成你心中的梦想。

最后你将离去，
我拦不住你归去的脚步。

湖儿的心欲悲，梦欲碎，
远逝的芳影，湖儿的忧伤。

你那未曾抹却的目光，
还停留在湖心的中央。
连着夕阳中哀怨的暮歌，
一同融入这秋的风凉。

2000.10

深夜里，寄去我蓝色的思念

深夜里，寄去我蓝色的思念。
春梦中，我要等待你一千年。
回想起有多少次，
都不能与你同行。

祈祷，古楼兰的少女，
等待，在不能说出名字的花店。
忆故乡，
雨季的温柔，
少女的心事，
都是剪不断的风景线。

不愿，
挥手与你告别，
梦中的女孩！
只在深夜里，
寄去我蓝色的思念
……

2000.3

如果你是一条远行的船

如果你是一条即将远行的船，
我就是那紧紧牵着你的船缆。
不管你远赴何方，
我的相思无不流向你的心上。

不能阻隔的，
那浩瀚的江河海洋。
不能挥去的，
那深深的梦中情长。
纵使有一天风暴会降临，
也依然浇不去爱的热烈，情的芬芳。

我遥遥地祝福着你，
你殷殷地思念着我。
且听，且听，
这是来自我内心的呼唤：
——等待你的归来，

在我永远的，

也是你永远的，

心的港湾。

2000.8

落雨飞花的季节

落雨飞花的季节，
看见你动人的容颜。
金风玉露的邂逅，
感受你柔婉的缠绵。
风生水起的交响，
触摸你无瑕的思念。
云蒸霞蔚的辉映，
拥抱你真心的依恋。

2004.4

心念

窗外，

已是万家灯火。

街巷内外，

来往的车龙频繁穿梭。

一阵晚风，

似遥寄着牵挂徐徐而过。

顷刻间，

多少思念，

开出梦中的花朵，

映衬着星空的闪烁。

是否，

是你依旧在念我？

2000.2

分手

分手，在想你的日子里；

分手，在花开的季节里；

当感情的流星划过长空之际，

那长长的，

是思念，

是泪水，

也是伤逝的回忆

……

2003.6.9

呓语

当梦开始破损的时候，
绝望便萦绕心头，弥漫天际；
当爱开始褪色的时候，
悲痛便华为苦水，结成寒冰。
梦依然远去，惊魂尤未平息；
人已非往日，再不需要恨你。
也许终结一开始就已注定，
也许终结是那宿命的皈依。

2004.6

风和雨

你，

一日成风，

一日化雨。

我爱呀，

风是我的脚步，

雨是我的柔情。

2004.12

第九辑
青春恋歌

你可知道，你可知道，

有一天我要带你游遍天涯海角，

在生命的恋歌里写下：

天荒地老！

青春恋歌

我喜欢你傻傻的模样，
满脸的期待和微笑。
我喜欢你温柔的恬静，
依偎着我像一只害羞的小鸟。

我乐意善意地将你戏谑，
然后看你假装却妩媚的气恼。
我乐意带你于秋林中散步，
并且轻吹曲笛送入云霄。

你可知道，你可知道，
我想将可爱的你深情拥抱。
你可知道，你可知道，
有一天我要带你游遍天涯海角，
在生命的恋歌里写下：
天荒地老！

2000.12.22（写于浙江大学华家池畔）

惜缘

岁月如一首诗，
人生似一场梦。
在诗与梦的交织中间，
有你也有我。

听，有我们共同的心声，
看，有我们的一份尘缘。
在年轻的心中跳动着动人的音符，
在青春的雨季焕发着灿烂的光彩，
使生命融进了一片爱的天地，情的芳园。
亦使我们彼此更加热爱生命，向往爱情。

愿这真挚的情怀化作一页的情愫，
把着充满深情的话语，
永久珍藏在你我的内心。
让岁月填满这段美丽的青春，
成为你我永恒的记忆
……

2000.2.23

青春的雨季

岁月远去，
留下一片回忆。
青春到来，
带来一个雨季。
那些年轻的日子里，
曾不断地寻觅着，
心灵的向往，
岁月的希冀。
可到如今，
却只留下一丝悔意。
也许，那也只是一场梦的游戏，
不久，便会消逝在春去的大地
……

2000.3

流金岁月

青春的日子，
是流金般的岁月。
常在欢愉之中，
留下一段绵长的回忆。
而年轻的心，
又常常载着许多，
充满美丽和多情的往昔。
在两个人的世界里，
在两颗心的碰撞中，
心情或悲或喜。
而情感的相呼，
心灵的共鸣，
是无比的甜蜜，
闪耀在在青春的金色岁月里。

2000.2

瞬间的情思

如生命的过客来去匆匆，
如缥缈的风烟随即成空。
只是我们一瞬间的对视，
只是你我一面间的缘分，
从此天南海北，音尘寂寂。
唯有那一抹浅浅的微笑，
那一声甜甜的问候，
留下瞬间深深的记忆。
然后戛然而止，悄无声息，
被风烟吹散而尽。

2000.12

梦中之恋

是谁，
曾令我朝思暮想，
整日茶饭不思？
是谁，
曾令我魂牵梦绕，
整夜未能安眠？
是谁，
曾令我寡言少语，
常常忧郁沉思、
是谁，
曾令我暗中苦恋，
刻刻遐想心痴？

哦，是你！
我心中的女孩！
你的一举一动，一颦一笑，
无不牵挂着我的心，

无不激荡着我的情。

你那一头秀丽的长发，
和你那黄金般灿烂的笑容，
使我为之留恋，为之陶醉。
你漫步在月下的身影，
使我为之神往，为之赞美。

我想放飞情怀，
尽情抒发内心最美好的情感，
用双手热情地将你拥抱，
让心灵紧紧地连在一起，
让爱永远浪漫，甜美
……

2000.3

我开始坐卧不安

我开始坐卧不安，
因为我心神不宁。
我发觉骚动不断，
难道是因为年轻？

是谁，是谁，
飞扬在我心。
是你？是她？
我不曾确定。

是湖中划船的女生，
是亭下读诗的伊人？
是台上起舞的柳裙，
还是林中传来的银铃？

其实我并不想找到答案，
可我只希望得片刻清静，

然后找地方去写一首诗，
理顺一下我那紊乱的心。

但我仍然坐卧不安，
因为我又心神不宁。
我发觉骚动不断，
难道还是因为年轻？

2000.12.24

（写于浙江大学华家池畔，是日为圣诞平安夜）

我的身边，飘来一片红霞

我的身边，
飘来一片红霞，
那是我期待的水中花。

虽然我不能拦住她的倩影，
可在那久已干涩的心中，
那濒于枯萎的情感，
得到她甘泉般的滋养和生发。

你这片飘来的红霞，
请恕我冒昧地向你袒露，
这悸动心灵的深切表达。

你这片飘来的红霞，
转瞬你将消逝在我的视线里，
可假如有一天，
当你再次飘到我的身边，

就请你留驻在我的心上

……

2000.3.26

夜空的情结

独对夜空，
唯与寂寞为伴。
放开心扉，
多少梦中期盼。

动听的旋律缓缓流出，
呵，朋友，
你听见了吗？
那里有泪，有悲伤。

飘落的思绪早已涣散，
再也听不到悠悠的笛声。
再也望不见那被凄云笼罩的，
亘古的月光。

试问，试问，
爱在何方？

何处方能寻到，
心灵的港湾。

2000.7.31

泛舟华池夜歌

我请你一同泛舟华池，
四周满布着月色和星光。
我请你一同踏歌华池，
曲笛欢声伴满池的柔浪。

薄薄的远雾，
静静的夜空。
恋恋的船歌，
依依的垂杨。

还有你那青春清秀的脸庞，
还有你那纯真心灵的梦幻！

2000.12.9（写于浙江大学华家池畔）

第十辑

澄明之境

谁能明了，
风烟俱静后，
沉淀了多少，
生命的清浊。

澄明之境

中年的困惑，
永远不能用，
一怀初心去弥补以往的过错。
通往澄明之境的路，
总是在纷纷扰扰中被封锁，
看不清那里的天高海阔。
寂寞着寂寞，
求索着求索。
谁能明了，
风烟俱静后，
沉淀了多少，
生命的清浊。

2020.5.11

其实

其实，
平凡才是生活的常态，
艳丽的鲜花也总会开败。

其实，
平凡才是生活的本来，
仰慕的英雄终将要老迈。

其实，
事实总无奈，
成功也不总是会常在

其实，
事实常无外，
辉煌也经常一去不来。

其实，

我们理应坦然面对，
无论成功还是失败，
不管忧伤还是开怀。

付出过，执着过，
用无悔的心，
接受命运的检阅与安排。

2020.4.28

海天的梦想

船帆发愿要驶向彼岸，
白云却渴望飘回故乡。
在霞光碧涛的傍晚，
曾多少次挥手召唤着远方。
而追逐了千万遍大海之后，
我们的心花却日日开放。
沙鸥掠过时，
便遥寄去海天的梦想。

2020.4.21

夜晚

夜晚，

更深月明的夜晚。

我漫自倚栏，

对望着孤屿腼腆而委婉，

聆听着江涛轻轻的呢喃。

星河稀落凉风淡淡。

触手可及的温柔的夜晚，

触手可及的沉默的夜晚，

长夜未央一如我无声的悲欢。

2020.4.9

肖邦的夜曲

一曲旋律涌上心头，
那是肖邦的夜曲，你听！
如歌的行板，如夜的幽静。
流淌的美妙充溢着心灵——
像是春夜，暖风，像是温情。

倾心地听，无比幸福而安宁。
生怕错过每一个天籁之音。
但仅仅一个短暂的瞬间，
曲终已停，
散去了花的香馨。

它扬着，飘扬着，
久久未尽——
像是春夜、暖风，像是温情。

2020.3.31（深夜听肖邦夜曲即兴写就）

独对

独对，
秋风席卷苍凉，
黄花堆满山岗。

独对，
梧桐寂寞寒光，
珠帘挂着夜霜。

独对，
人世多少过往，
生活百般创伤。

独对，
追寻依旧坚强，
梦想照进心房。

独对，

流泪嘶哑歌唱，
生命花开芬芳。

2017.10.20

听一曲六月船歌

听一曲六月船歌吧，
静谧安详而平缓的音符，
沉淀在心底回荡着梦般的幽思。

听一曲六月船歌吧，
轻柔又略带忧伤的旋律，
述说多少过往的愁绪。

听一曲六月船歌吧，
如微风佛过心灵的田野，
纠缠着无法释怀的情节。

听一曲六月船歌吧，
夏日的抚慰飘向梦里，
裹藏的爱里有我至深的表白。

2008.6.24（深夜反复聆听俄国音乐家柴可夫斯
基《四季组曲·六月船歌》所作）

大海

面朝大海的人，
总以为海洋无比温婉、浪漫，
美丽、宽广，一片蔚蓝。
长住海边的人知道，
那儿不仅有波平、鸟翔，
也有那风暴、巨浪，
和人生一样未知、无常。

2020.4.3

温州

温州，
一座传奇的岛屿浮于整片川流。
没有任何山水能使我如此着迷经久，
没有任何福地能使我如此思念不休。

温州，
一座传奇的岛屿浮于整片川流。
瓯越千年，
空水澄鲜里流淌着温润的春秋。

温州，
一座传奇的岛屿浮于整片川流。
没有任何毁誉能让我放弃爱她的理由，
没有任何悲喜能让我抛开为她的守候。

2020.4.23

历史

我们见证着历史，
终归要成为历史。
面对着时代的鸿篇巨制，
旋而神往心驰，
旋而陷入沉思。
天道悠悠，
童子何知。

我们见证着历史，
终归要成为历史。
往昔的激扬文字，
今时的忐忑心事，
明朝的求索不止。

我们见证着历史，
终归要成为历史。
在岁月的洪荒之中，

你我渺小得如同沙石。

追古溯今，

坐论百代的得失；

死生契阔，

叩问轮回的人世。

2020.4.22

小寒的夙愿

朔风席卷，
万般萧索叶落满院。
雪落荒原，
飘散无声心头盘旋。
明月高悬，
寒夜枯坐抱膝曲蜷。
车马无喧，
历历往事谁诉尘缘。

世间万象如梦又如烟，
纷乱无常处处临深渊。
寒意虽深此心向婵娟，
遗世独立此情可缱绻？

人生无悔亦无怨，
漫漫长路伴君远。

索性呈上我心底的夙愿，

寒已消，人未倦，爱成全。

2021.1.15

第十一辑

诗魂未眠

不是这梦已经苏醒，
只是那曲折的人生里，
高傲的诗魂，
在夜夜听风。

诗魂未眠

秋夜的梦，
触动了，
心底的诗魂。
在风雨齐晦的时刻，
留下了多少，
叹息的歌声。
不是这梦已经苏醒，
只是那曲折的人生里，
高傲的诗魂，
在夜夜听风。

2000.9.15（写于浙江大学华家池畔）

门

一扇门，

平常的门 。

有人出，

有人进。

带门而出的，

是路的遥长；

推门而入的，

是家的温馨。

2000.2.20

隔岸的烟花

隔岸的烟花呀，
当繁华消尽，
光焰皆失，
你是否无悔那
生命终极燃放的——
悲怆的热情？

2004.4.18

朝阳

一团火红的朝阳，
在东方的云层中，
冉冉升起，
光耀万方。

晨曦，
似利剑般，
照射高山、大地，
横扫百川、丛林，
燃透着迷茫的凄云，
驱走了黑夜的漫长。

顷刻间，
万里山河迎来，
一片光明，
一片神奇，
一片希望！

2000.2.21

月台

梦见春光悠悠飘来，
梦见晚霞轻轻徘徊。
靠近心中的梦想，
蓦然间却发觉，
那清风拂过的白云之下，
朦胧世界里的我，
只是一个，
涉世未深的小孩。

看惯了春夏秋季去了又来，
看惯了桃李芬芳谢了又开。
看过孩童将未来反复憧憬，
看过长者将往事悠悠感怀。

此时此刻，
我只是孤独地，
立在川流不息的人群中，

将去叩那不可知的未来，
带着迷惘和希望，
走向广阔的舞台。

就要启程了，
就让这些美丽的梦，
承载在这瞬间的月台
……

2000.7.31

狂吠的狗

狂吠的狗，
人们都惧怕它凶狠的叫吼。
然而当你勇敢地迎面而走，
它却慌乱地后撤全身发抖。
原来如此——
外强中干已被无情地看透！

2020.5.15

雾霾之殇

十面霾伏，
百里浊雾。
迷迷偌大都市竟无一清晰可辨，
区区数米相隔却不能两两相顾。

日光何处，
行人何辜！
模糊眼眸中无奈连连恐惧映照，
浑浊空气里咳嗽声声此起彼伏。

天若灰布，
满城已污。
雾垢尘霭在寒冬里弥漫淫威，
芸芸众生在焦虑中慌不择路。

怨天无补，
逃避无助。

痛定思痛善待环境已是刻不容缓，

难靖抚难和谐生态方能自我救赎。

2014.1.16

本只想

本只想，
过一场岁月静好。
却一不留意，
沾了盐，蘸了醋。
粗茶淡饭间，
复着别人的生平，
过着自己的流年。

本只想，
守一份淡泊怡然。
却一不察觉，
愤了世，嫉了俗。
悲喜交加中，
顾着别人的冷暖
忘了自己的进退。

本只想，

写一曲时代赞歌。
却一不从心，
奉了承，献了媚。
百感交集下，
添着别人的华章，
堵着自己的违心。

本只想，
做一夕风烟看客。
却一不小心，
登了台，入了戏。
浓墨重彩里，
念着别人的戏文，
演着自己的浮生
……

2020.2.25

空空

这是一片空空。
空空是什么，
空空的你，
空空的我。
空空的岁月，
空空的人生。

这是一片空空。
空空的源头在哪里，
在宇宙的虚无里。
空空的归宿在哪里，
在光阴的飞逝里。

心潮涌起，
依然归于空空；
波澜未尽，
依旧泯于空空；

悸动渐止，
仍是如也空空。

终了，
还是空空，
那真是无尽的空空。

生空空，梦空空，
人世空空，
那尽头，
长歌亦空空。

2017.7.23

离散

等待着幻灭式的焦灼，

离散着暗淡的青春的微光。

秋阳照不进我苦涩的心田，

只有梦想偶现一片天蓝。

潮湿的雨季也成奢望，

寂寥的沉默在那方几近干涸的水塘。

也许沧桑忘却了它的容颜，

如何重拾我那疲惫的惆怅

……

2006.11.28

痛后三章

（一）沉浮

也许上天注定，
年轻之时，
还不是迎接荣耀的时刻。
默默地潜下去，
发愤图强，
相信吧，
终有浮上来的一天。

（二）痛

哭过，笑过，
悲过，喜过，
当心境最终趋于平和之际，
我将以往的痛楚深深铭记。
我含着泪，忍着痛，

却微笑着。
继续去点燃心中，
那不会熄灭的，
希望的圣火！

（三）还有明天

当我迎接每一轮朝阳，
我知道着一天是新的；
当我目送每一片晚霞，
我知道这意味着过去。

每每唱起了昨日之歌，
我便热泪盈眶，
因为一切成长梦。

每每唱起了昨日之歌，
我便破涕为笑，
因为我懂了：
还有明天！

2000.5.3

第十二辑

我们的梦

你的笔留给我一首诗，
我的诗留给你一个梦。
笔下有了我的诗，
诗中有了你的梦。

我们的梦

梦的鲜花开遍心灵的山谷，
在徐徐春风中摇曳生姿。
如茵的绿草铺开了山麓，
晶莹的露珠滋润着悠长的情思。

梦的船舶驶入生命的长河，
荡开的浪花里聆听美妙的歌。
鸥鸟衔来一片灿烂的云影，
春江里流淌着梦境的快乐。

梦的钟槌敲响希望的钟鼓，
云蒸霞蔚中延伸出璀璨的天路，
梦想的远方镌刻下永恒，
有梦为伴路远不再孤独！

2008.4.14

笔、诗与梦

你的笔留给我一首诗，
我的诗留给你一个梦。
笔下有了我的诗，
诗中有了你的梦。

2000.12.15

我的对话

今天的我对明天的我说：
“你将成为我”。
今天的我对昨天的我说：
“我将成为你”。
昨天的我对今天的我说：
“珍惜吧，
不要让我成为你的遗憾”。
明天的我对今天的我说：
“努力吧，
不要使我有负了你的希望”。

2000.12.31（写于浙江大学华家池畔）

长亭

都说天下无不散的宴席，
谁知我内心暗中的抽泣。
千言万语顿成无语凝噎，
长亭古道，芳草接天碧。

都说天下无不散的宴席，
谁知我内心暗中的抽泣。
临别难舍依依，
相思从此成疾。

强装笑颜难掩泪眼迷离，
一阕晴空送君春风十里。
此去经年隔天际，
君心我心共相惜 。

2017.10.19

雨夜

落雨的夜，滴雨的心。
透国纱窗望向朦胧的雨雾，
找不到一丝晴明的足迹。
一阵冷风拂过心头，
这一刻，泪眼蒙眬。

我的期待，我的追索。
依然不变的是那份坚持，
在泪光中守望胜利的欢呼。
即使苦难不能让我吓倒，
这一刻，笑靥如花。

心在梦在，人在志存。
待那秋阳照遍心灵时，
丰收的光景里收获无边的自由。
悲情的岁月从此走远，
这一刻，我心永恒。

2008.6.12

过江随想

独枕三江，
相对鹿城。
白日里传动对岸喧嚣的车马声，
夜色中映衬彼处缤纷的霓虹灯。

一江之隔，
默饮凉风。
远去的一页繁华回首如梦，
往昔的多彩荣光何时成真？

岸的祈盼，
浪的吟呻。
过江的情节缠绕几载冬春，
十年的等待如今扬鞭启程。

礼炮齐鸣，
隆隆机声。

两岸父老奔走相告传佳讯，
八方志士携手共赴筑延伸。

夜以继日，
风雨兼程。
智慧与汗水铸就锦绣长虹，
期冀与追索即将华丽圆梦。

两岸一城，
幸福三生。
巨龙卧波联结起广阔的宏图，
飞虹跨江镌刻出和谐的永恒！

2012.6.4（彼时连接温州和永嘉的瓯越大
桥尚在建设之中，本人在参与
该桥工程建设期间有感而作）

心园牧歌

我的那支闲愁之歌，
和着忧伤的咏叹调，
都已成往事的烟云，
悲伤过了又如何？

只是那——
憔悴的古月，悲泣的暮雨，
病驴的啼声，古寺的沉钟，
这些风花雪月，
絮絮的凄迷，
又是否算是一种，
残缺的美丽？

昨天只能追忆，
明天还会有希冀，
而今天需要好好珍惜。

2000.6.16

我盼望着

我盼望着飞雪的到来，
在每年的隆冬时刻。
我盼望着大地一身银装，
耳旁回想起叮当的铃儿。

在纷飞的雪花中，
孩子们尽情撒欢。
在漫天的雪花中，
到处充盈着欢乐。

不管是城市的街头，
还是农庄的农舍。
不问你是谁，
也不管你来自何处，
都请接受我这一份，
新春的祝贺。

你纯洁的飞雪呀，
美丽的飞雪，
你听，你听，
人们因你汇成一曲，
美妙的赞歌！

2000.12.26

机遇的告白

等待，

是无畏的消磨。

出击，

是勇敢的抉择。

也许机会，

只闪过一次。

抓住它，

才显果敢者的成色。

放弃它，

终成迟疑者的苦涩。

2000.3.23

记忆中的大学时光

许多回忆的往事，
会忽然间被思绪，
染上一层童话般，
富于诗意的色彩。

想那深秋的清晨起来，
漫步在万千飞舞落叶的，
那条校园常走的小路，
踩着落叶留下一路飒飒的天籁。

又想那暮春的黄昏时分，
等彩霞孕出一片粉红的意境，
不经意间见一位白衣女生，
从绿草如茵的草坪前飘来。

还有坐在宽敞的阶梯教室里，
安静地倾听着老师们的讲座，

时而凝神静气若有所思,
时而频频点头一笑开怀。

也常光顾食堂外日日更新的海报,
在这片小小的方寸天地里,
到处激发着无限青春活力,
到处洋溢着欢乐激情似海。

这些历历往事,
或许在那时并不新奇,
然而在回忆的天空里,
却闪动过浪漫的风采。

2001.4.14

新年，我要一场逃亡

生活的枷锁，
在亲情的包围中，
愈加牢固；

世事的无奈，
在人情的纷扰里，
倍加桎梏。

心灵的磨难，
在职场的历练中，
心酸痛哭。

艰辛的旅程，
在岁月的颠簸里，
踏破征途。

新年，我要一场逃亡！

飞奔向那，
幸福的彼岸，
理想的乐土。

新年，我要一场逃亡！
抛弃掉那，
猥琐的人生，
窒息的世俗。

新年，我要一场逃亡！
让大地的春色铺满，
让自己的意志做主。

新年，我要一场逃亡！
新生活的歌声嘹亮，
旧时光的梦魇做古。

2008.1.15

后记
诗是藏在心底最深的情怀

近年来流行一句大家耳熟能详的话:“生活不止眼前的苟且,还有诗和远方”。这句话在网络上被人引用太多了,但是,其实很多人并不能真正理解在面对生活的苟且时,还能有多少人会始终保持对诗和远方的热爱。也许更多的人,这句话于他们来说只是一句时髦漂亮的话而已,当说完这句话,又转身投入了苟且的怀抱中去了。而现在,于我自身而言,虽然多数时候我也不能免俗,在生活的沉沉浮浮中挣扎,但是,我自信不管在什么时候,依然要给诗留出一个重要的位置。诗是最纯情的,是最真挚的,诗里才能保留着那些在平常中难以留存的心灵的轨迹。因此,这么多年来,诗是不能割舍的,是藏在心底最深的情怀。

自从青少年时代开始,我就爱上了诗歌,在我虚岁 16 岁那年开始,我就开始尝试诗歌创作,最初模仿写了很多古体格律诗,后来逐渐转向写现代诗。在大学时代,我的专业是汉语言文学,我对中国古典文学和现代诗歌同样偏爱。但是,在学习过程中,我发现,格律诗和现代诗似乎存在很多撕裂的现象:爱写格律诗的就要成天追求声韵格律，平仄上去，填词选字，让这种格律诗完全囿于一种文字游戏，年轻一代对这种诗体感兴趣的人大大减少；而现代诗，又过于走向一种放纵的状态，无病呻吟是诗，随意将一句话的一个个字断开也成诗，甚至打破一切语言的逻辑性和诗意，无序地重构到令人无法读下去的也可以叫诗，这些乱象让诗人之名蒙尘，让原本美丽的现代诗成了极小众所谓诗人消遣的玩意。我总是无法认同这样的两极分化。我总是在思考，如果能够将中国传统的古典诗词的精髓与自由开放表达的现代诗结合起来，各取精华，那么诗歌就会找到新的未来，就会重生。

所幸，我在以闻一多、徐志摩等为代表的“新月派”诗人的主张中找到了我的方向。闻一多先生的诗歌“三美”理论很好地解决了在古体格律诗的过于拘束和现代诗的过于放任的矛盾，又能很好地将两者的优点完美的结合和放大。因此，在我二十多年的诗歌创作中，我也尽力以此作为我写诗的标准，身体力行，扎根传统古典文学，让诗歌重新找回应有的意境之美、形式之美和韵律（音乐）之美。我深信，任何一首唯美的、令人难忘的、过目能诵的诗歌，都是符合这些原则的，闻一多、徐志摩、戴望舒、舒婷、顾城、海子、席慕蓉等中国现当代的一大批著名诗人和名作，概莫如此，无一例外。

著名诗人席慕蓉曾说，她年轻时代的诗一直都是写给她自己的，诗让她看到了真实的自己。这也非常合乎我的心境。写诗二十多年来，一直怀着敝帚自珍的心，因为这些诗里才有我最真实的写照和心态，也是心灵的秘密花园，是藏在心底最深的情怀。所以，写诗是自我的，但也是寂寞的。

记得莎士比亚就说过：“无言的淳朴所表示的情感，才是最丰富的”。（原本最初的诗集名也和这一主题相关的。）但这里的每一首诗都是我的心园里的一首首牧歌，在心灵深处放歌，在我们的回忆里飘过，在我们的青春里飘过，在我们的梦境里飘过，愿有缘的你也能读出和笔者同样的心境与情怀。

总之，诗歌使我们的生活不致于走向庸俗，保留一点初心的一道屏障，一片心灵的后花园。让我们一起来珍视和呵护它，让我们的生活会因此而多一份美丽，多一份希望和梦想吧！

最后，感谢所有使我的诗能出版和辑印成册的朋友，特别要感谢感谢温籍摄影名家卢雪峰先生，他慷慨提供了本书中所有美轮美奂的摄影美图，每一张照片都是他的得意作品，全部无偿提供本书使用，非常感激；还要特别感谢编辑部的苏爱丽和刘亚玲两位女士的全程指导和帮助，让这本册子顺利出版发行。再次请你们接受我最诚挚的谢意。

陈郑

2020 年暮夏写于温州瓯江畔